NADINE POIRIER

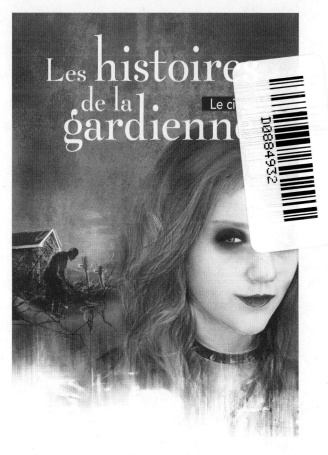

À Marshal,
Le personnage de Nick, c'est toi : courageux et joueur de tours !
Tantine Nadine ☺ XXX

Illustration de la couverture : Pascale Crête

Ça presse !

Je ne sais pas ce que ma mère fricote dans la cuisine. J'entends des bruits de casseroles, le robot culinaire, ses talons qui martèlent frénétiquement le plancher de bois. Les portes d'armoires font BANG ! BANG !

Voyons, mais qu'est-ce qu'elle fabrique ce matin ?

– Mathiaaaaaaas ! Viens vite ! J'ai besoin d'aide ! crie ma mère.

Ça semble urgent !

– Attends, je joue en ligne avec Nick.

– Fais une pause. C'est très pressant ! insiste maman.

– Papa ne peut pas t'aider ?

– Non, il est parti au garage avec la voiture.

Je sors de ma chambre pour aller à la rescousse de ma mère.

Ayoye ! Notre nouvelle cuisine de style champêtre modernisée a l'apparence d'un champ de bataille de la Deuxième Guerre mondiale. Il y a de la farine partout, des plats alignés sur le comptoir, des éclaboussures tout autour de la cuisinière, et le robinet coule pour rien.

Au centre de tout ce remue-ménage, il y a ma mère, la reine de ces lieux sinistrés ! Avec son tablier tout croche, son foulard qui lui tombe sur l'oreille gauche et ses mains dégoulinantes, elle me regarde comme si j'étais la clé d'un gros coffre au trésor.

– Enfin, te voilà, mon grand.

– Qu'est-ce que tu fais, m'man ?

Elle vient de commencer une recette de gâteau et n'a plus d'œufs pour la pâte.

– Ça m'aiderait vraiment si tu faisais un saut au dépanneur pour en acheter, m'implore ma mère en me tendant un billet de cinq dollars. Pendant ce temps, je finirai de préparer la viande pour le dîner.

Il est rare que ma mère me supplie de la sorte. Je n'ai pas vraiment le choix. Je demande à mes amis de la ville et à mon nouvel ami « CroquemortNick78 » de m'attendre pour la suite de la partie. Après tout, l'épicerie n'est qu'à cinq minutes si on y va en courant. Sauf qu'on est obligé de passer par le cimetière…

Je suis déjà passé plusieurs fois par là depuis notre déménagement.

Je pourrais prendre un autre chemin pour aller à l'épicerie, mais il faudrait alors descendre à la plage et longer celle-ci jusque derrière le cimetière. Ensuite, je devrais enlever mes chaussures et mes bas, traverser un ruisseau, laisser sécher mes pieds, puis remonter encore un cap de roche. J'arriverais ainsi par l'arrière de l'épicerie, mais ça prendrait vraiment du temps : vingt minutes, au lieu des cinq petites minutes en passant à travers les pierres tombales.

Bien sûr, il y a aussi la rue, tout simplement, mais en ce moment la voie est coupée par des travaux et il y a un énorme détour par la grande route, où les voitures roulent très vite.

Ma mère ne veut pas que je prenne ce chemin-là, qu'elle juge trop dangereux.

– Et ne passe pas par le ruisseau, mon chéri. Ce serait trop long !

Ma mère lit dans mes pensées, ou quoi ? Elle me pousse vers la porte. Je me mets aussitôt en mode sprint.

Je n'ai jamais compris pourquoi les gens marchent lentement quand ils circulent dans les cimetières. Moi, c'est tout le contraire. Imaginer qu'il y a plein de squelettes sous mes pieds m'arrête le sang et… me met le feu au popotin !

Je décolle comme une fusée, avec mes cinq dollars en poche. En traversant le cimetière, j'imagine qu'une main va sortir du sol pour m'attraper. Ça a beau être au moins la cinquième fois que je passe par là, je suis toujours aussi mal à l'aise quand mes pieds foulent les allées entre les pierres tombales.

À l'aller comme au retour, je franchis le mur du son. Dans ma tête, il y a des dizaines de zombies à ma poursuite.

Ils ont très faim et ils adorent les jeunes garçons échevelés dans mon genre. Les œufs de ma mère risquent de finir en omelette, mais je ne m'en préoccupe pas. J'ai entendu un bruit bizarre. Sûrement une branche qui craque à cause du vent, mais je ne peux pas me raisonner. Mon cœur bat à tout rompre.

Mes jambes, pourtant musclées, commencent à cramper tellement je cours vite.

Enfin, ma cour, ma maison, ma porte, ma famille !

Tout
un déménagement !

On vient de déménager ici. On ne peut pas dire que je sois ravi. C'était le rêve de mes parents d'aller s'établir en Gaspésie. Moi, ça ne me fait pas plaisir de changer de région, d'école et d'amis.

Mais surtout, je ne suis pas trop certain d'aimer la maison. C'est bien qu'elle soit au cœur du village. Le problème, c'est que ma nouvelle chambre donne en plein sur le cimetière… Arrg! Nick se moque de moi quand je lui en parle.

– Mathias, un mort ne peut pas être dangereux… puisqu'il est mort! a rigolé mon nouvel ami, sans le moindre malaise, la première fois que je lui en ai parlé.

– Normal que tu n'aies pas peur, ton père est croquemort. Des macchabées, tu as dû en voir plusieurs!

– On dit thanatologue, a répliqué mon ami d'un air offusqué.

Ensuite, il a éclaté de rire en déclarant:

– Moi aussi, je dis croquemort! Mais pas devant mon père!

J'aimais bien notre appartement en ville, parce que c'est là que j'ai grandi. Mais mes parents, eux, ne voulaient plus subir le bruit causé par les locataires qui habitaient l'appartement au-dessus de nos têtes. Et puis, ça devenait trop petit. Ma mère attend un bébé, et celui-ci n'aurait pas eu de chambre dans notre ancien appartement.

C'est le terrain à l'arrière de notre nouvelle maison qui a séduit mon père. Il y voyait déjà son futur atelier de vitrail.

– Hé, Mathias ! Tu pourras même camper avec tes amis dans notre propre cour ! s'est excité mon père lorsqu'il a vu que je regardais fixement les pierres tombales. J'avais l'impression que rien qu'en tendant le bras, j'allais les toucher.

– Je suis certaine qu'ils ne sont pas tannants, ceux-là ! a vite ajouté ma mère en pointant le cimetière, morte de rire.

À ma première journée d'école, quand j'ai annoncé mon adresse à toute ma classe de cinquième année, j'ai saisi le grand potentiel de ma nouvelle maison.

Les exclamations d'épouvante ont explosé comme de la dynamite.

Les enfants de mon école trouvent ma famille «hot» et super courageuse d'habiter à côté du cimetière.

– Vous n'êtes pas peureux de dormir dans la maison du boiteux!

Le boiteux?

Les enfants se sont agglutinés autour de moi.

– Sans blague, moi, je fais un détour pour être certain de ne pas passer par là…

– Moi aussi!

– Pareil pour moi…

Inquiet, j'ai lâché:

– De quoi parlez-vous ? Qu'est-ce qu'elle a, notre maison ?

– Tu n'es pas au courant ?

– Au courant de quoi ?

– Ta maison est hantée.

– Oui. Tout le monde le sait. Elle est hantée par le boiteux.

– Et le cimetière, par les morts-vivants !

Ils pensent qu'ils peuvent me faire avaler n'importe quoi parce que je viens de la ville.

– Arrêtez de me niaiser. Vous ne me ferez pas peur avec vos histoires. Et puis, c'est qui, le boiteux ?

– Tu le sauras bien assez vite, a lancé un élève en grimaçant.

– Pff ! C'est n'importe quoi.

Je suis devenu le plus populaire de l'école en moins de deux. Les fantômes, les esprits

13

et les autres créatures invisibles, merci à vous tous ! Mes nouveaux copains me trouvent cool. Au moins, j'ai gagné ça.

Toutefois, j'ai vite déchanté. Me réveiller devant un paysage funeste, ça passe, mais voir un tel tableau le soir juste avant de m'endormir, c'est beaucoup plus compliqué à gérer. J'imagine toutes sortes de choses idiotes, et mes rêves sont peuplés de fantômes. Je sais, faut que je m'y fasse.

Mais sérieusement, qui voudrait habiter à côté d'un cimetière ?

Nous ! La famille Faucher ! Enfin, quand je dis nous, c'est plutôt mes parents. Parce que moi, je commence à croire que c'est la pire décision de toute leur vie.

La gardienne

Maman et papa sortent ce soir pour fêter leur nouvelle vie de propriétaires. Je suis bien content parce qu'ils vont souper avec les parents de Nick. Comme on est en train de devenir de bons amis tous les deux, ils désirent se connaître un peu plus.

Les parents de Nick ont proposé de nous envoyer leur gentille gardienne de l'agence

Gardiennage-Expert pour me garder, puisque nous ne connaissons personne dans le coin. Avant, c'était ma cousine Victoria qui venait à la maison quand mes parents sortaient, mais on habite beaucoup trop loin, maintenant.

Pour l'occasion, Nick vient coucher chez moi ce soir. Ça, c'est le top! Nous allons nous faire garder ensemble. Pourvu que la gardienne nous laisse jouer toute la soirée à l'ordinateur, qu'elle n'ait pas 100 ans et qu'elle soit sourde! Parce que nous sommes bruyants, Nick et moi, lorsque nous jouons. Nos jeux sont encore plus amusants quand nous crions très fort! Comme quand nous regardons le hockey durant les séries de la coupe Stanley, papa et moi.

Nick est super content parce que je l'ai accepté dans notre groupe de joueurs, avec mes amis de la ville. «Gamer» avec mes copains d'enfance lui plaît. Il me l'a dit.

Nick aime les mêmes choses que moi : s'amuser à l'ordi, faire du vélo et jouer des tours. Pour l'ordi, je ne suis pas sûr, mais pour les tours, Nick est vachement plus fort que moi !

La semaine dernière, il a mis de la crème à raser dans le tube de dentifrice de son père.

Hier, il a changé le sucre dans le sucrier pour du sel… Sans compter toutes les fois où il s'amuse dans la classe à lancer des petits morceaux de papier avec une sarbacane fabriquée avec son stylo qu'il a démonté en morceaux.

Toc, toc! C'est justement lui qui arrive à pied, son ordinateur portable sous le bras. On est chanceux d'habiter pas trop loin l'un de l'autre. Je fonce vers la porte d'entrée pour lui ouvrir.

– Allô, Mathias! As-tu vu le nouveau joueur qui vient d'entrer dans le groupe de nos adversaires?

– Non. Pourquoi?

– Je pense que nous aurons du mal à le battre, celui-là.

– Pff! Il va voir que c'est nous les meilleurs! dis-je, gonflé d'orgueil.

– Bonjour, Nick, lui dit ma mère avec un large sourire alors que nous entrons dans le salon.

– Bonjour, Madame Faucher. Mes parents m'ont demandé de vous faire un message. Ils vous attendront au restaurant à 20 h.

– Très bien. C'est gentil de nous faire le message. Merci, Nick.

Ma mère capote sur mon nouvel ami, et je sais pourquoi. Il est toujours tiré à quatre épingles, super poli, les cheveux parfaitement coiffés.

Un vrai bon petit gars !
Tout le contraire de moi.

Ma mère essaie régulièrement de me montrer quels habits vont bien ensemble, mais je m'en fiche royalement. Du moment que je ne me promène pas tout nu. Quant à mes cheveux, c'est le dernier de mes soucis.

Je ne les brosse pas souvent parce que ça prend beaucoup trop de temps pour les démêler. Mes parents n'avaient qu'à mettre un peu moins de frisé dans la recette lorsqu'ils m'ont fabriqué.

– La gardienne est arrivée ? demande Nick.

– Elle ne devrait pas tarder, lui répond ma mère.

Nick jette un coup d'œil par la fenêtre en tirant le rideau.

– Dis donc, de cette fenêtre, tu as toute une vue sur le cimetière !

– Je sais. Ne m'en parle pas. C'est encore pire dans ma chambre.

Nick étire le cou, il semble très intéressé par le décor extérieur.

– Hé, regarde, là-bas ! On dirait quelqu'un qui court.

Je distingue moi aussi une silhouette élancée qui sprinte entre les tombes.

Ses longs cheveux colorés contrastent avec ses vêtements noirs.

– Qui est-ce ?

– Je n'en suis pas certain, déclare Nick. Si c'est la fille à qui je pense, elle a encore changé sa couleur de cheveux. C'est orange, d'après toi ?

– Oui. Et on jurerait qu'elle a un vampire à ses trousses.

La voilà qui grimpe deux par deux les marches de l'escalier qui mène à notre maison.

– Ah oui, c'est elle.

On entend tambouriner à la porte.

– Sûrement la gardienne, conclut ma mère qui n'a rien vu de la scène dans le cimetière.

J'ouvre la porte pour l'accueillir. La jeune fille passe le seuil en trombe, referme la porte derrière elle et s'y adosse, les bras en croix. Ses poumons semblent manquer d'air. Normal, après sa course effrénée.

– Salut, lui fait Nick. Tu t'es trouvé une nouvelle tête au centre commercial?

Elle hoche la tête avec un demi-sourire, trop essoufflée pour répondre.

Je ne sais pas si j'ai déjà vu des yeux de cette taille. Genre piscine!

On dirait que je viens d'entrer dans un de mes jeux vidéo. Je la dévisage un peu trop. Nick me décoche un coup discret avec la pointe de sa chaussure pour que je baisse mon regard.

– C'est elle, la gentille gardienne ? dis-je en chuchotant.

– Oui, elle sort toujours de «Zombiland», répond mon ami en souriant discrètement.

Ma mère et mon père, qui nous ont rejoints dans l'entrée, l'observent, impressionnés. Au bout de quelques secondes, la jeune fille a retrouvé son souffle. Elle adresse un sourire cordial à mes parents qui, eux, se forcent pour étirer les lèvres. Je peux lire dans leurs pensées : «Euh… On devrait sortir ou pas ?» Et maman qui déteste se vêtir en noir parce que ça lui donne l'impression d'être au salon funéraire… Mince alors ! Elle est servie. Même le vernis à ongles de la gardienne est noir.

– Salut. Je m'appelle Zara. Comme dans vous-Zara-pas-de-soucis-avec-moi !

– Zara comme dans Zara-pide sur la gâ-chette! blague à son tour mon ami.

Quelle chance, elle parle notre langue! Mes yeux se posent sur sa bouche violet foncé. Arrrk! Faudrait vraiment que quel-qu'un lui dise gentiment qu'elle ressemble à une morte. Mais ce quelqu'un, ce ne sera pas moi!

– Bonjour, Zara. Tu es bien la gardienne? vérifie ma mère, un doute dans la voix.

– Oui. Pour vous servir, Madame Boucher.

Je réplique :

– C'est Faucher, comme dans : « On est fauchés! »

Ma petite maman chérie n'apprécie pas ma blague, ça se voit à la paire d'yeux ou-trés qu'elle tourne vers moi. Mon père n'ar-rive pas à détacher son regard des cheveux orange fluo de Zara. Et cette coloration n'est sûrement pas le seul problème qu'a détecté mon paternel.

**Je vois bien que le blouson de Zara,
noir avec des imprimés
de toiles d'araignées,
le fait aussi cligner des yeux.**

– Viens avec moi, Zara, l'invite maman en hésitant un peu.

Ayoye! J'ai déjà vu Mom plus accueillante. La gardienne quitte le tapis de l'entrée en regardant autour d'elle. Il y a tellement de maquillage noir sur ses paupières qu'on jurerait qu'elle a deux trous dans la tête à la place des yeux. Zara fait le tour des pièces de la maison et s'informe de tout, telle une inspectrice ultra-perfectionniste. «À quelle heure reviendrez-vous?» «Est-ce que le téléphone fonctionne bien ? » « Vous êtes en paix avec vos voisins ? » « Est-ce que le grenier est habité ? » « Et le sous-sol ? » « Qu'est-ce qu'il y a en bas ? »

« Tout est calme du côté du cimetière ? » « On a enterré un mort dernièrement ? »

Voyons ! Tant qu'à y être : « Logez-vous des extraterrestres ? » « Vos enfants ont-ils des superpouvoirs ? » « Où garez-vous votre vaisseau spatial ? »

Cette gardienne ne m'inspire pas confiance. Et ce n'est pas son look qui me pose problème. Mes parents non plus ne semblent pas rassurés. Ils répondent aux questions de Zara en se lançant des regards qui en disent long. Surtout lorsqu'elle enlève son blouson et qu'ils remarquent le collier à son cou, en cuir noir avec des pointes de métal, semblable à un collier de chien.

Puis, mes parents se retirent dans leur chambre pour discuter. J'espère qu'ils ne prendront pas la décision d'annuler leur sortie à cause de cette gardienne bizarroïde. J'ai prévu tout un programme avec Nick. La semaine prochaine, nous allons inviter les copains de l'école à une fête dans ma cour. Nick et moi voulons prouver à mes nouveaux amis que la maison du boiteux, comme ils l'appellent, n'est pas hantée. Nous avons besoin de la soirée d'aujour- d'hui pour préparer le party.

Nos parents se décident enfin à sortir.

– Bonne soirée, les gars. Soyez sages, lance mon père.

– Et ne passez pas tout votre temps à vos ordinateurs, insiste maman avec un clin d'œil en direction de Zara.

Enfin partis ! Il était temps.

Si près !

Nick sort son ordinateur de son sac. Moi, je vais chercher le mien dans ma chambre, qui est tout à l'envers. La gardienne nous ignore. Elle est occupée à fixer le crucifix au-dessus de la porte de la cuisine. Il y en avait un dans chaque pièce de la maison quand nous avons emménagé. Mes parents ont décidé de conserver celui-ci parce qu'il leur rappelait celui de Mamie.

– Ça fait longtemps que vous habitez ici ?
me demande Zara en déposant son sac à
dos sur le divan du salon.

– Non. Deux semaines.

– Ah. Je comprends pourquoi vous n'avez
pas encore sorti les chandelles.

Des chandelles ? Pourquoi aurait-on besoin de chandelles ? On ne vit pas au Moyen
Âge.

– Vous avez remarqué des choses bizarres
depuis que vous êtes ici ?

Je regarde Nick sans comprendre.

– Bizarres ?

La gardienne jette un coup d'œil discret
dehors, par la fenêtre.

– Ben…

Elle réfléchit, se gratte le menton.

– Vous habitez vraiment très proche du
cimetière !

Dans sa bouche, ça sonne comme : « C'est mortellement dangereux ! »

– Ben oui. Pas besoin de lunettes pour constater ça ! Qu'est-ce que ça peut bien faire ?

– Euh… rien. Oublie ça.

Exactement ce que disent mes amis. Habiter là, ce n'est pas l'idée du siècle. Et mes parents qui n'ont rien vu ! C'est même devenu une blague entre eux, du genre :

**« Au moins, mon amour,
ça ne coûtera pas cher de corbillard
lorsque le moment sera venu ! »**

La gardienne me demande si elle peut visiter ma chambre. À voir sa grimace, le fait que je ne suis pas un adepte du rangement ne lui plaît pas vraiment. Elle observe la vue que j'ai de la fenêtre.

– Tu arrives à dormir?

C'en est trop. Elle cherche des poux ou quoi? Alors je lui en offre gratuitement:

– Non, pas vraiment. Parfois, les morts font tellement de bruit! Si tu savais… Je dors tous les soirs avec des bouchons dans les oreilles.

Nick ne retient pas le fou rire qui monte à ses lèvres. Zara préfère ignorer ma remarque et tourne les talons. Trop curieux, nous la suivons pour voir ce qu'elle va encore inventer. Elle sort de son sac à dos toutes sortes de choses inhabituelles pour une gardienne.

Ma cousine apportait des livres, sa tablette et des jeux pour s'amuser avec moi. Pas un vaporisateur contre les mauvaises odeurs ni une lampe de poche, et encore moins des jumelles…

Mais qu'est-ce qu'elle fait? Elle installe des clochettes aux portes, ferme les rideaux et s'assure que les deux portes donnant sur l'extérieur sont bien verrouillées. C'est un nouveau jeu?

«Super!», «Bonne idée!», la gratifie Nick d'un ton moqueur chaque fois qu'elle entame un nouveau geste bizarre. Il la suit comme un petit chien.

Je demande discrètement à mon ami ce qu'elle fait. Je ne veux pas avoir l'air trop stupide.

– Elle prend toujours ses précautions.

Là, je comprends de moins en moins. Des précautions? Qu'est-ce qu'il veut dire? Je profite d'un moment où Zara est sortie de la pièce où nous sommes, Nick et moi, pour attraper mon copain par son chandail.

– Quelles sortes de «précautions»?

Nick fronce les sourcils.

– Demande-le-lui. Tu as peur d'elle, ou quoi ?

– Bien sûr que non.

Je finis par la questionner.

**Elle me répond simplement
que les cloches lui permettent
de savoir si une porte bouge.**

– Si elle bouge toute seule, précise Nick.

– Voyons donc ! Ça ne se peut pas.

– Ben, tu sais, Mathias, parfois, dans les vieilles maisons…

Zara ne termine pas sa phrase.

– Elle n'est pas si vieille que ça. Enfin, je ne pense pas…

– Je connais votre maison…

Normal, puisqu'elle habite dans le coin. N'empêche qu'elle a prononcé ces derniers mots en chuchotant. Qui a-t-elle peur de déranger en parlant à voix haute ? Nous sommes pourtant seuls avec elle dans la maison. Son air mystérieux m'inquiète.

Étrange

Quand ma cousine me gardait, elle restait souvent assise sur le divan et elle écoutait ses séries pendant que moi, je jouais à mon ordinateur. Lorsque mes parents revenaient, rien n'avait bougé dans la maison. Même pas une chaise! Mais ce soir, c'est tout le contraire. Zara prend son rôle au sérieux. Ça fait une heure que mes parents sont partis et elle a procédé à sa tournée au moins quatre fois. On dirait un écureuil qui regarde dans toutes les directions à la recherche d'une cachette pour sa précieuse noix. Jamais je n'avais rencontré quelqu'un comme elle! Chaque centimètre de la maison est soigneusement vérifié, scruté à la loupe.

Nick et moi, nous nous sommes installés au salon, assis sur le tapis, nos ordinateurs sur nos genoux. Je peux rester dans cette position très longtemps. Nous faisons notre programme pour notre party d'amis. Nous l'avons baptisé «Le party des horreurs». Chaque personne devra apporter un déguisement de zombie, de la musique pour faire peur, des vêtements chauds, une lampe de poche pour aller jouer dans le cimetière à la tombée de la nuit et un truc dégoûtant à grignoter, comme du pain recouvert de beurre d'arachides avec de la confiture par-dessus. Arrrk! Dégueu! Nous allons tous dormir sur le plancher du salon.

Après une soirée comme celle-là, nous saurons qui est peureux et qui est courageux.

Et tous auront enfin la preuve que ma maison n'est pas hantée.

– On joue à *Destination extrême* mainte-nant? me suggère Nick.

– O.K. J'ai hâte de battre le nouveau joueur.

Après seulement quelques minutes de jeu, j'admets que celui qui se fait appeler «Poulet123» est pas mal bon. Aucune de mes stratégies qui fonctionnent d'habitude ne semble le perturber.

– Je t'avais dit qu'il était excellent, conclut Nick.

– Ce gars-là doit passer toute sa vie devant son écran. Moi, je n'ai pas le droit de jouer autant, c'est naturel que je n'arrive pas à le battre, dis-je pour ma défense.

Plus le jeu avance, plus nos cris deviennent intenses.

– Passe À GAUCHE, me crie Nick ! NON ! À DROITE !

– Mon extraterrestre est en feu ! Il brûle ! NOOOON !

J'ai failli battre Poulet123 d'un poil ! Je me prends la tête entre les mains en hurlant de déception. Zara nous demande à plusieurs reprises de crier moins fort.

– Vous comprenez, je dois entendre tout ce qui se passe dans la maison. Et voir aussi…

Elle se lève pour allumer toutes les lumières.

Si mes parents l'apprennent, ils vont lui dire qu'elle gaspille l'électricité. Nous entendons le tintement des clochettes lorsqu'elle ouvre les portes.

Après sa ronde, elle vient s'asseoir en face de nous.

– Je me sens bizarre d'être dans la maison du boiteux.

– Comment ça ?

– Votre maison est une des plus anciennes du village. Si les propriétaires précédents ne l'avaient pas autant rénovée, on aurait pu en faire un musée. Selon mon ancêtre Alfred, beaucoup de familles ont logé ici après le boiteux. Mais personne n'est resté très longtemps.

Pourquoi ?
La maison était trop laide ?
Trop vieille ?
Il y avait des rats ?

J'ai besoin d'en savoir davantage.

– Pourquoi est-ce que les gens ne restaient pas ?

– Il se passait des choses… commence-t-elle d'une voix un peu rauque.

– Des choses ?

La maison était-elle infestée de coquerelles, de scorpions ? Un frisson parcourt ma colonne vertébrale.

– Oui, des choses étranges qui semblaient venir du cimetière et que les gens ne pouvaient pas expliquer. Les familles décampaient toutes rapidement, sur les chapeaux de roues, comme dirait mon père, en emportant le strict minimum.

Nick lâche un cri de mort qui me fait lever de terre :

– GAME OVER !

– Merdouille, Nick ! Mon cœur s'est arrêté !

À jurer qu'il l'a fait exprès, juste pour me faire sursauter. Un grand sourire malicieux se dessine sur son visage. Il commence un nouveau jeu. Je reste sur « pause ». J'insiste auprès de Zara :

– Quelles choses étranges, au juste ?

– Je ne devrais pas te raconter ça…

– Non, vas-y. Ça nous intéresse, dis-je en mettant la main sur le bras de Nick pour qu'il arrête de pitonner.

Elle hésite quelques secondes en tapotant son menton avec son index.

– *Vous n'allez pas le croire*, commence la gardienne, *mais l'histoire que je vais vous raconter est la stricte vérité. Je le jure sur la tête de mon arrière-grand-mère disparue dans des circonstances mystérieuses.*

Dès que j'entends parler de «mystère», mes poils se hérissent comme ceux d'un porc-épic. Je redresse les épaules, attentif comme jamais.

– *Les évènements se sont produits il y a très longtemps…*

Le boiteux

Mon ami n'a pas quitté son écran des yeux. On dirait que l'histoire de Zara l'intéresse moins que son jeu.

– *Mon ancêtre Alfred habitait avec sa famille non loin d'ici. Il lui arrivait souvent de passer devant votre maison. C'est lui qui a raconté cette histoire à ses petits-enfants et* à ses arrière-petits-enfants. C'est comme ça que je la connais.

La maison, à cette époque, était dans un état pitoyable. Elle avait un air lugubre, digne d'un film d'horreur. Du lierre la couvrait sur toute sa façade, ce qui donnait l'impression qu'elle allait se faire avaler ou étouffer par les plantes grimpantes. Dans ce temps-là, les fenêtres étaient opaques et tenaient à peine dans leur cadrage. Impossible de voir ce qui se passait à l'intérieur.

On l'appelait « la maison du boiteux ». Le vieil homme qui l'habitait boitait en effet de sa jambe gauche, plus courte que la droite. Il portait sous son pied gauche une épaisse semelle en bois, que le cordonnier lui avait fabriquée pour lui permettre d'avoir les deux jambes à peu près de la même longueur. À sa démarche, on devinait facilement que cette chaussure était lourde. Le dos du boiteux se cambrait à force de la traîner, tel un boulet amarré à son pied. Pour marcher, il devait se donner un élan afin de la soulever. À chacun de ses pas, elle percutait le sol bruyamment.

La vie de cet homme n'était que moqueries. Pas étonnant, dès lors, qu'il ait refusé toute forme de compagnie. Il était grincheux. Un simple regard de sa part faisait fuir les enfants qui jouaient trop près de chez lui.

Chaque jour, Alfred devait passer devant la maison du boiteux pour se rendre à l'école. Lorsque le vieil homme l'apercevait, il tournait la tête dans sa direction et le fixait de son air grave. Puis, il s'avançait en faisant de grands gestes pour l'éloigner.

Alfred avait tellement peur de lui qu'il avait appris à vérifier deux fois, chaque matin, que ses lacets étaient bien attachés et à courir jusqu'à l'école sans s'arrêter.

– Je ne sais pas si tes parents ont bien fait d'acheter la maison du boiteux, s'inquiète Zara.
– Pourquoi? Tu penses qu'il va sortir de l'ombre pour nous chasser d'ici? dis-je en plaisantant.

Sans émettre le moindre commentaire, Zara se lève pour aller faire sa ronde. J'avale ma salive. Mon ami en profite pour me chuchoter:
– Cette histoire se transmet de génération en génération dans le village. Si j'étais toi, je ne la prendrais pas à la légère.

– Tu disais que tu ne croyais pas aux fantômes…

– C'est vrai. Mais cette histoire n'a rien à voir avec les fantômes. Il s'agit de morts-vivants. Ce n'est pas pareil.

Des morts-vivants ? Et quelle est la différence avec des fantômes ?

Qu'est-ce que Nick vient de me dire ? Je déglutis péniblement, puis je me lève. Je dois aller faire pipi.

Alors que je suis dans la salle de bain, un sifflement attire mon attention. Le son est à peine audible, mais je le perçois. Il me rappelle un instrument à vent, peut-être une flûte.

Comme j'ai les culottes baissées, c'est difficile de chercher l'origine de ce bruit. Pour le moment, je ne peux rien faire d'autre que tendre l'oreille. Ça m'énerve. J'inspecte de mon œil de lynx chaque centimètre de la salle de bain. Je retiens ma respiration un long moment pour mieux écouter.

Je me surprends à fixer la petite fenêtre, même pas assez grande pour me permettre de m'enfuir en cas de besoin.

Puis, plus rien.

Ça doit être le vent qui s'infiltrait par la fenêtre.

Pourtant… le vent n'est quand même pas capable de jouer une mélodie. Je décide d'abréger mon séjour dans la salle de bain.

J'ai une envie plus pressante que celle de terminer mon pipi, celle de déguerpir d'ici au plus vite! Je reviens au pas de course dans le salon alors que je n'ai même pas fini d'attacher mes culottes.

Zara est assise sur le divan, en face de mon ami. Nick dissimule un petit sourire en coin. Pas la peine, j'ai deviné. C'est sûrement lui qui m'a joué un tour avec son histoire de morts-vivants, puis ce son de flûte dans la salle de bain.

Pas question que je lui montre qu'il a réussi à me faire peur. Je m'assieds à côté de lui comme si de rien n'était. Zara reprend son récit.

– *Lorsque la nuit tombait, le comportement du boiteux devenait encore plus bizarre. Il*

allumait une chandelle à chacune des fe-
nêtres de sa maison, puis il s'en allait mar-
cher dans le cimetière.

Les gens du village l'avaient aperçu, seul
dans le cimetière, la nuit, en train de se pro-
mener entre les tombes, et ils n'aimaient
pas ça. On se demandait bien pourquoi il ne
se mettait pas au lit comme tout le monde.

– Que faisait-il dans le cimetière ?
– Alfred disait que le boiteux communi-
quait avec les zombies.

Quand elle chuchote, ça me donne froid
dans le dos.
– N'importe quoi. Ça n'existe pas, les zombies, c'est comme les fantômes, dis-je en le-
vant les yeux au plafond d'un air exaspéré.

Assis bien droit sur le divan, j'essaie de
me montrer courageux. Juste d'imaginer

qu'un mort-vivant pourrait entrer dans ma maison, ça me fiche la trouille.

Et qui sait vraiment si les zombies existent ou non ?

Pourrait-il y en avoir un dans notre salle de bain, qui joue de la flûte…?

Ah, noon ! Je commence à être stressé. Il faut que j'arrête de cogiter.

Nick demande à Zara :

– Paraît qu'il vivait seul, hein, Zara ?

– *Oui. C'était un vieux garçon. C'est lui qui entretenait le cimetière, qui creusait les fosses avant qu'on y dépose les cercueils et qui tondait la pelouse.*

– Pas très joyeux, tout ça, l'interrompt mon ami.

– *Exact. Le curé lui offrait ce travail parce que personne d'autre au village ne voulait engager le boiteux. Faut dire aussi qu'il n'y avait pas beaucoup de candidats intéressés à creuser des trous pour y mettre les morts. Le curé le trouvait vaillant, et même si la tâche lui prenait plus de temps qu'il en aurait fallu à une autre personne à cause de sa jambe trop courte, il y arrivait, lentement mais sûrement.*

Espionnage

Zara est en train de terminer sa énième tournée. Je ne les compte plus, mais j'ai remarqué qu'elle a ajouté une vérification supplémentaire à son rituel depuis que la nuit est parfaitement noire : elle sort ses jumelles pour observer ce qui se passe à l'extérieur, en faisant le tour de toutes les fenêtres qui donnent sur notre chic cimetière cinq-étoiles.

Ce ne sont que des bêtises ! Je sais bien que la nuit, on ne voit rien, avec des jumelles. À moins que ce soient des lunettes spéciales à vision nocturne, comme celles qu'utilisent les soldats…?

J'aime de moins en moins que Zara nous laisse seuls pendant ses tournées.

C'est trop long. J'ai hâte de connaître la suite de son histoire.

Comme si elle percevait mon désir, la gardienne se pointe sans faire de bruit pour reprendre son récit exactement là où elle l'a interrompu.

– *Un soir, alors qu'il était jeune homme, Alfred est passé devant le cimetière à une* heure très tardive. Il dit avoir vu le vieil homme près des tombes, accompagné de formes étranges qui bougeaient autour de lui. Alfred n'a pas pu les identifier parce qu'elles se sont échappées lorsqu'il a commencé à s'approcher.

Alfred a eu très peur ce soir-là. Dès le lendemain matin, il est allé voir le curé pour lui raconter ce qu'il avait vu, et cette information s'est répandue très rapidement dans le village.

Monsieur le curé a interrogé le boiteux, lui demandant ce qu'il faisait dans le cimetière, la nuit. Le boiteux lui a simplement répondu :

– Durant la nuit, les morts ne dorment pas…

La réponse restait vague, mais le boiteux n'a rien voulu ajouter d'autre ce jour-là.

Quand ils ont appris ce qu'il avait dit au curé, les gens du village l'ont traité de fou et se sont moqués de lui comme jamais auparavant. Mais ils n'étaient pas vraiment rassurés. Ils se demandaient si ce que racontait le boiteux était vrai et si Alfred avait inventé toute cette histoire… ou non. Les jeunes du village qui se disaient les plus courageux allaient se promener dans le cimetière la nuit, soi-disant pour faire peur au boiteux, mais surtout pour vérifier si les morts restaient bien dans leur tombe.

Lorsque le boiteux apparaissait, les jeunes fuyaient en criant : « Boooouuuuh ! Nous sommes les morts-vivants du cimetière ! »

La gardienne pousse alors un cri démoniaque.

Moi, j'arrête de respirer.

Nick, pour sa part, pouffe de rire.

La gardienne s'en fiche. Après une pause qui me semble durer dix minutes, elle reprend son histoire comme si rien ne pouvait la déconcentrer.

– Vous savez, les gens sont parfois curieux... et méchants. Très vite, on s'est mis à venir de loin pour espionner le boiteux durant la nuit. Mais Alfred demeurait le plus assidu. D'autant plus qu'il voyait des choses que les autres ne voyaient pas. Rien ne se passait dans le cimetière pendant le jour, mais la nuit....

Pourquoi est-ce que Zara ne termine pas sa phrase? Ça m'énerve! Un silence de mort s'est soudain installé dans notre maison.

– *Puis, un soir qu'il pleuvait assez pour inonder le village, une voisine a vu le boiteux en train de jouer de la flûte dans le cimetière.*

Je manque m'étouffer avec ma salive.

– De la flûte ?

Ma voix est si mal assurée que j'ai l'air de murmurer.

– *Oui. Alfred avait déjà surpris les macchabés en train de faire du grabuge durant la nuit. Mais ce qu'il n'avait pas vu, c'est que quand le boiteux jouait de la flûte, les cadavres retournaient à leur caveau et se rendormaient.*

J'ai les nerfs à fleur de peau.

Je ne sais pas si je dois leur dire… pour le son de flûte que j'ai entendu dans la salle de bain. Zut! Je me suis mordu. Ma lèvre inférieure goûte le sang. Oh, et puis tant pis pour la honte. Je me lance:

– J'ai entendu une mélodie tantôt quand j'étais aux toilettes. Je pensais que mon imagination me jouait des tours.

Nick me fixe avec des yeux grands comme des fonds de bouteille.

– Sérieux?

– Oui, et le son ressemblait à de la flûte.

Zara bondit sur ses pieds.

– On va voir ce qui se passe dans la salle de bain! Vite!

Flûte !

Nous la suivons jusqu'aux toilettes. C'est moi qui ferme la marche, et j'ai des sueurs froides.

– Chut ! Pas un bruit, nous fait Zara, l'index sur la bouche.

– Quand je suis sorti tout à l'heure, la mélodie s'était tue.

Elle regarde par la fenêtre.

– Éteignez la lumière. Je verrai mieux dehors, ordonne-t-elle.

Je n'en ai pas envie, mais j'obéis. Debout sur la vanité, elle regarde en direction du cimetière.

– Tu vois quelque chose ? demande Nick.

C'est la première fois de la soirée qu'il dit quelque chose avec sérieux. Ça m'inquiète.

**Tout à coup, GLING, CRASH !
Un bruit de verre brisé
me glace le sang.**

Nous arrêtons tous les trois de respirer avant de lâcher un cri de mort tous en même temps.

Puis nous baissons la tête vers le sol. Zara a fait tomber le verre qui contient les brosses à dents en s'appuyant sur le rebord de la fenêtre.

– Excusez-moi. Je ne l'ai pas fait exprès.

– Peut-être qu'il faut être seul pour entendre la flûte, dis-je en reprenant tant bien que mal mes esprits.

– Qui veut rester seul dans la salle de bain ? demande la gardienne.

– Pas moi.

– Pas moi.

– Ni moi.

Nous revenons donc au salon sans que le mystère de la flûte ait été résolu. Demain, lorsqu'il fera clair, j'irai fouiller partout. C'est peut-être un vieux iPod perdu par les anciens propriétaires ? Ou une montre avec une alarme super chouette ? Ou une carte de souhaits chantante, perdue entre les murs ?

Je ne sais plus quoi inventer ni quoi penser. Mon cerveau est en ébullition.

Le doute s'est installé dans mon esprit. J'aimerais ne pas croire toute cette histoire, mais une petite voix me dit que Zara ne nous la raconterait pas si elle n'était pas vraie. La gardienne s'installe sur le fauteuil. Elle me fixe d'un air très sérieux. Trop sérieux pour que je me sente à l'aise.

– *Après la mort du curé, le boiteux est devenu plus sauvage que jamais.*

– Comment ça, sauvage ?

– *Il sortait de sa maison avec la pelle dont il se servait pour creuser les tombes et menaçait les passants en la brandissant.*

– Un mauvais esprit prenait le contrôle de son corps ? suggère Nick avec un regard espiègle.

– Mais non, ce sont des morts-vivants ! Pas des esprits ! dis-je à la blague.

J'ai dit ça pour détendre l'atmosphère, mais ça n'a pas l'air de faire rire Zara.

– Tu le penses vraiment ? rétorque-t-elle.

– Bien sûr que non ! Faut pas charrier !

Nick et moi, nous nous tordons de rire. Zara grimace en voyant que nous nous payons sa tête. Elle ne veut pas nous raconter la suite de l'histoire.

– Nous arrêtons ! Promis, juré, craché ! Continue, Zara !

Elle plonge son regard ténébreux dans le mien.

Sapristi ! Elle me fait peur, avec ses trous à la place des yeux.

– Si vous y tenez…

– *Un matin, les habitants du village découvrirent qu'une chose incroyable s'était produite pendant la nuit. Les pierres tombales avaient changé de place. Là où on avait creusé la tombe de M. Gaétan se trouvait désormais la pierre de Mme Germaine. Et sur la tombe de Léopold trônait maintenant la pierre de Madeleine.*

Des pierres en granit, c'est très lourd! Impossible pour une personne de les déplacer sans aide. Les habitants du village savaient très bien qu'un homme ne pouvait pas avoir fait ça tout seul, à moins d'être doté d'une force surhumaine.

On s'interrogeait vivement sur les intentions des malfaiteurs. Pourquoi changer les pierres tombales de place? Certains allaient jusqu'à dire que ça devait être l'œuvre du diable.

On interrogea le boiteux, qui ne fit que répéter :
– *La nuit, les morts ne dorment pas.*

Après un silence qui me semble durer une éternité, Zara finit par lâcher :
– *Alfred, lui, avait son idée là-dessus. Il a toujours affirmé que c'étaient les morts qui changeaient les pierres tombales de place pour s'amuser. Parfois, ils mêlaient les noms des rues, renversaient les poubelles dans le village ou faisaient sonner les cloches de l'église en pleine nuit. Des macchabées voyous, disait Alfred.*

Des macchabés voyous ?

Elle va beaucoup trop loin, la gardienne ! Elle ne me fera pas avaler ça !

Je ne veux plus rien savoir du boiteux, ni du cimetière, ni du passé nébuleux de notre maison. Je mets un terme à l'histoire.

– Bon, on joue, Nick ?

Panne
de courant

Nick aurait plutôt envie d'entendre la suite. Pourtant, l'histoire n'avait pas trop l'air de l'intéresser tantôt. À force d'insister, je le convaincs de terminer la partie commencée plus tôt.

Mais au bout de 10 minutes à peine, mon ami referme son écran.

– Mes piles sont mortes.

– Les miennes dans 3 %, 2 %, 1 %, zut !

Pas question que je me déplace tout seul dans la maison. Nick m'accompagne jusqu'à ma chambre pour brancher nos ordinateurs.

Sur mon lit, il remarque mon encyclopédie de la Deuxième Guerre mondiale.

– Elle est à toi ?

– Oui. Mon grand-père a participé à cette guerre. Il posait des bombes sous les ailes des avions.

– C'est *hot* !

– Il a gagné des médailles ?

– Oui. Une. Tu veux que je te la montre ?

J'ouvre mon tiroir d'objets précieux.

– Avant de mourir, mon grand-père m'a donné sa médaille de la bravoure.

– Elle est super belle. Tu es chanceux ! Mais moi, je n'ai pas besoin de médaille pour être courageux, reprend Nick après une courte pause. Rien ne me fait peur.

– Moi non plus.

C'est complètement faux ! Et je pense qu'il le sait. Je ne connais pas Nick depuis assez longtemps pour lui confier que je suis un garçon sensible, qui détecte facilement les dangers. Lorsque j'aurai des pectoraux dignes de respect et que je ferai au moins un mètre quatre-vingt-cinq, comme mon père, peut-être que ça ira, mais en attendant, mon petit physique m'empêche d'acquérir assez de confiance en moi. Mon âge aussi, peut-être ?

En tout cas, je veux persuader mon ami que je n'ai peur de rien.

– Viens, on continue l'histoire de la gardienne, dis-je avec fermeté.

– Certain ?

– Bien sûr. C'est trop rigolo, dis-je avec un faux sourire.

– Ah, bon. C'est pourtant toi qui ne voulais pas écouter la suite.

Nous entendons la gardienne faire sa ronde. Elle reste un moment à fixer le muret de pierres qui sépare notre terrain de celui du cimetière.

Les clochettes tintent, les pas de Zara se font plus rapides. On dirait qu'elle est pressée de revenir auprès de nous

**C'est alors que nous sommes
subitement plongés
dans le noir total.**

– AAAAAAH!

Impossible de retenir mon cri.

– Qu'est-ce qui se passe? s'inquiète Nick.

Enfin, le voilà tracassé lui aussi ! Je commençais à me sentir comme la pire des petites mauviettes !

« Chuuuuut ! Taisez-vous, les enfants. »

Le chuchotement provient d'une bouche située à un centimètre de mon oreille.

Je fige.

Je pense que j'ai fait une crise cardiaque.

Puis, je sens revenir le souffle dans ma poitrine. C'est Zara qui a parlé à mon oreille. Elle est apparue près de Nick et moi, aussi rapide et silencieuse qu'une lionne.

Pourtant, notre gardienne inspectait la cuisine il n'y a pas trois secondes ! Comment a-t-elle réussi à revenir si vite dans le noir absolu ?

Je lui demande d'un ton inquiet :

– Zara, c'est toi qui as éteint ?

– Non, murmure-t-elle.

Elle aussi me semble affolée. Le timbre de sa voix défriserait un mouton.

– Ne bougez pas, je vais vérifier quelque chose.

Elle cherche à tâtons son sac à dos, en retire sa lampe de poche qu'elle allume immédiatement. Nous la voyons se faufiler comme une anguille jusqu'à la fenêtre donnant sur le cimetière. Elle jette un œil à la maison voisine.

– C'est bien ce que je pensais. Nous sommes les seuls à manquer de courant. Donc, le problème vient de votre maison. C'est déjà arrivé depuis que vous habitez ici ?

– Oui, au moins deux fois. Papa doit faire inspecter l'entrée électrique.

– Eh bien on n'a plus qu'à attendre le retour de tes parents à la lueur de ma lampe de poche.

Sois brave !

Le temps me paraît plus long sans lumière. Je m'enfonce dans le canapé du salon, et mes pieds posés sur la table basse sautillent comme l'aiguille d'une machine à coudre.

Nick pose les mains sur mes genoux pour me calmer.

– Arrête, Mathias.

Puis il reprend avec sérieux :

– C'est le boiteux qui s'amuse à couper l'électricité. Il veut sans doute qu'on allume des chandelles, comme il le faisait.

Il se moque de moi ? Je suis fait jusqu'au trognon ! Demain, il va raconter à tout le monde de l'école que le nouvel élève est un peureux de première… un lâche ! Il me reste encore beaucoup de mois à tenir dans cette école.

Pas question qu'une réputation de peureux me colle aux talons comme une chique de gomme.

Je décide de jouer le jeu :
– Justement, je viens de l'apercevoir !
– Qui ça ? me fait Zara.
Je prends une voix machiavélique :
– UN REVENANT QUI BOITE.

– Où ça ? lâche-t-elle, vivement intéressée.

– JUSTE LÀ. DEVANT MOIIIII !

Nick en rajoute :

– Moi aussi, je le vois. Il est habillé en noir. Il a les cheveux orange…

– Vous n'êtes pas drôles !

La gardienne balaie le salon avec le faisceau de sa lampe. Puis elle se couche au sol, l'oreille contre le plancher.

– Qu'est-ce que tu fais ? lui demande Nick.

– Chuuuut ! J'écoute !

C'est le comble ! Je me demande ce qui me fait plus peur : une gardienne qui écoute un plancher ou un plancher qui parle ?

J'ai honteusement hâte que mes parents reviennent. Il me semble que si Zara téléphonait simplement à mes parents pour leur parler de la panne de courant, je me sentirais bien mieux, mais non. Son comportement ridicule me laisse complètement désarçonné. Au rythme où je grince des dents, je n'aurai plus de molaires demain matin.

Dans une tentative pour ramener la situation à la normale, je lance :

– Je vais téléphoner à mon père. Il nous dira quoi faire pour l'électricité.

– Non, ne fais pas ça !

Zara m'a intercepté en me saisissant le poignet. Pourtant, donner un coup de fil, ce n'est pas dangereux. Il lui manque un boulon, à cette gardienne ! C'est une certitude ! Et je dois dire ça aussi à mon père.

– Du calme, nous encourage Nick. On n'a pas besoin de lumière pour raconter une histoire. Quand vous fermez les yeux, il fait noir, non ? Eh bien, vous avez juste à faire comme si vous aviez les yeux fermés, alors qu'ils sont ouverts. Ou alors on pourrait allumer des chandelles?

– Non. On risquerait de mettre le feu, refuse Zara. Une lampe, c'est suffisant.

Une question me turlupine.

– Zara, pourquoi le vieil homme allumait-il des chandelles?

– *La lueur des chandelles indiquait aux morts que le boiteux les surveillait. S'ils faisaient des folies dans le village, le boiteux se tenait prêt à sortir sa flûte.*

Sur ces mots, un BANG! à faire grincer des dents semble venir du sous-sol.

Je lâche le plus grand cri jamais sorti de ma bouche:

– C'était quoiiii, çaaaaaaaa?

Le plancher sous nos pieds en a vibré.

– Un grand bruit, prononce bêtement Nick, avec son assurance habituelle.

Décidément, avoir un père croquemort comporte certains avantages.

J'ai la nette impression que rien au monde ne peut l'effrayer. La gardienne se lève.

– Les enfants… restez ici. Surtout, ne vous séparez pas. Est-ce que vous me comprenez bien ?

– Tu ne vas pas nous laisser ici sans lampe de poche ?

Je regrette déjà d'avoir prononcé ces paroles. J'essaie de sauver la face en ajoutant :

– J'en ai besoin pour…

Elle m'interrompt.

– Mathias, ça ne prendra qu'une minute. J'y vais et je reviens tout de suite.

Elle ouvre la porte qui donne sur la cave. Entendre la clochette tinter dans ce contexte…

Mon corps se colle malgré moi à celui de Nick. Que personne ne me demande de bouger d'un centimètre. Si la gardienne me supplie d'aller vérifier au sous-sol, je me déclare malade.

Dès que mes parents reviennent, j'exige que nous déménagions dans une maison neuve, où personne n'aura vécu avant nous. Et si mes parents refusent, je ferai la grève du ménage, de la faim, du sommeil, ou bien une fugue, peut-être même une crise comme ils n'en ont jamais vue.

Tension
dans la maison

Enfin, Zara revient vers nous.

– Alors ? Qu'est-ce que c'était ? questionne Nick.

– Rien, répond-elle sans conviction. Parfois, dans les vieilles maisons, il y a des bruits étranges que personne ne peut expliquer.

Nick soupire exagérément.

– Comment ça, rien ?

– C'est sûrement la corde de bois de chauffage qui a déboulé. C'est déjà arrivé chez nous, ce genre de truc. C'était exactement le même bruit.

Je suis loin d'être rassuré. Malgré la noirceur du salon, j'ai cru percevoir un coup de coude entre Nick et Zara. Ils se connaissent bien tous les deux, à mon avis.

La gardienne s'assied, son sac à dos à côté d'elle. Je me demande ce qu'il contient de si important. Elle le traîne partout comme si on allait le lui voler.

– De quoi est-il mort?

J'ai posé cette question sans réfléchir. Ma voix a tremblé. Je me racle la gorge.

– Qui ça? me demande Zara.

– Le boiteux.

Zara pointe la lumière de sa lampe de poche sous son menton.

**Son visage se transforme
en celui d'un être diabolique,
comme dans les films interdits
aux enfants.**

Au lieu de me répondre, la gardienne effectue des ronds avec sa lampe tout autour du salon. De temps à autre, elle tend l'oreille, ou bien elle fixe de son faisceau le crucifix accroché au-dessus de la porte.

J'ai hâte que l'électricité revienne. Que mes parents se pointent. J'ai hâte de revoir la lumière du soleil ! Si je la revois un jour.

Puis tout devient ultra-clair dans ma tête. Paniqué, je lâche :

– Ne me dis pas qu'il est mort ici !

– Non. On ne sait pas comment il est mort. On n'a jamais retrouvé son corps.

Crotte !

– Peut-être qu'il n'est jamais mort, reprend Zara. Un homme qui est capable de jouer avec les macchabées est peut-être immortel ? Ou bien il était déjà mort lui aussi ? D'ailleurs, j'ai oublié de vous le dire, mais il ne sentait pas bon, le boiteux.

– Ça, c'est vrai que les morts ne sentent pas toujours bon, rétorque Nick. Mon père en sait quelque chose. Surtout ceux qui sont morts depuis très longtemps.

Je sens le regard de mon ami se poser sur moi dans l'obscurité. Pour la première fois, je suis content qu'il fasse noir. Je dois avoir le teint pâle de quelqu'un qui vient de perdre connaissance. Je ne peux tout de même pas leur dire que ça sent le cadavre dans le sous-sol! Chaque fois que j'y descends, je suis obligé de retenir mon souffle.

Je donne un coup sur la table du salon pour attirer l'attention de Nick et de Zara.

– Bon, O.K. Elle est plate, finalement, l'histoire du boiteux. On parle d'autre chose? Je suis tanné.

– Non! On continue, insiste Nick. Moi, je n'ai pas peur.

Avec toutes leurs histoires, c'est assez facile d'imaginer une main qui sort du plancher, m'attrape par les chevilles et m'entraîne vers les ténèbres.

J'ai triplement peur.

Si la corde de bois déboule encore, je file à toute allure rejoindre mes parents, même

s'ils se trouvent en Chine ou en Australie !
Et je ne passerai pas par le cimetière. Ça,
non !

– Hé, Zara ! On prend ta lampe de poche
et on va voir les zombies dans le cimetière !
propose Nick d'un air décidé.

– Pas question !

Mes paroles sont peut-être sorties trop
vite. Et moi qui ne voulais pas me faire une
réputation de peureux…

– Je savais que tu avais peur, déclare mon
ami.

Me voilà dans de beaux draps à présent. Le défi est terrible !

– Même pas vrai ! C'est juste que je préfère
qu'on reprenne notre jeu. J'étais sur le point
de battre Poulet123 tantôt.

– Les piles ne peuvent pas se recharger. Tu n'as pas oublié qu'il n'y a plus d'électricité? Mathias… je sais que tu as peur.

Piqué au vif, je me défends:

– Non. Et je vais te le prouver!

Je me lève et je cherche ma veste à tâtons.

– Vous venez?

La gardienne et Nick se regardent.

– Je ne suis pas censée vous laisser sortir de la cour. Et vous n'avez aucune idée de ce qui se passe durant la nuit dans le…

Elle s'arrête au beau milieu de sa phrase en plaquant la main sur ses lèvres. Mon niveau de stress grimpe en flèche. Nick me rejoint.

– Allez, on y va, les trouillards. De toute façon, le cimetière est pratiquement dans la cour. Ce n'est pas comme si nous allions nous promener jusqu'au parc de l'école, à un kilomètre d'ici.

Si tu sors la main par la fenêtre de la chambre de Mathias, tu touches quasiment une pierre tombale !

Je n'ai pas envie d'y aller. Le jour, ça passe, mais à la tombée de la nuit, il y a de quoi frémir. Malgré tout, il faut à tout prix que je regagne ma dignité de gars courageux. Sinon, Nick racontera à tout le monde que j'ai peur à l'idée de me promener dans le cimetière. C'est mon honneur qui est en jeu.

Des croix

Devant l'insistance de Nick et mon faux air valeureux, Zara finit par céder.

– D'accord, on y va, mais à une condition. Vous restez à un centimètre de moi, TOUT LE TEMPS. Et vous portez ces croix à votre cou.

Elle tire de son sac une poignée de croix.

– D'où sors-tu ça ?

– Il y avait un rabais, dix pour le prix d'une, au sous-sol de l'église.

Je reste figé, la bouche ouverte.

– Et tu as aussitôt pensé : « Tiens, tiens… et si je m'achetais une petite dizaine de croix ? »

– Exactement ! Ça fait peur aux morts-vivants et même au diable.

Plus rien ne m'impressionne de sa part. Zara me passe une croix autour du cou et fait de même avec Nick.

De son sac, elle sort ses souliers de jogging, qu'elle enfile. Mes yeux doivent parler parce qu'elle nous déclare :

– Vous aussi, chaussez-vous pour courir, on ne sait jamais ce qui peut nous arriver.

Non, mais j'hallucine !

– Mathias, tu as une paire de souliers de course pour moi? me demande mon ami avec une pointe d'ironie dans la voix.

Nous allons combattre les zombies à l'aide d'une croix, des baskets aux pieds?!

Pincez-moi, quelqu'un! J'ai envie de proposer plutôt un lance-flamme.

En affichant un air déconfit, je choisis mes chaussures de course les plus efficaces. J'en prête une autre paire à mon ami.

– Si Zara replonge sa main dans son sac à dos, je gage qu'elle en sortira une bible! murmure Nick, complètement séduit par l'activité «Conquête du cimetière en pleine nuit»!

– Stop! nous ordonne Zara. Nous avons oublié quelque chose de super important. Les flûtes !

– Oui! s'excite Nick. Si nous voulons faire rentrer les morts dans leur cercueil, nous devons en jouer.

– Nous n'avons pas de flûtes ! Je ne sais même pas en jouer. Si quelqu'un passe par là, nous aurons l'air de vrais crétins

– Le boiteux le faisait, alors nous le ferons. Point barre ! insiste mon ami.

Zara fouille dans son sac. Quoi ? Elle en a amené ?

– Oups, je les ai laissées sur le comptoir de la cuisine en faisant ma ronde, déclare Zara.

Je suis fait comme un rat.

Je l'accompagne. Nick nous attend sur le tapis devant l'entrée, dans le noir absolu. À sa place, je serais venu avec nous. Il n'y a qu'une lampe de poche… Zara et moi longeons le couloir. Je me retiens de lui tenir la main. Elle avance lentement, puis tout à coup, elle murmure :

– Ta main est froide.

– Hein ?

– Ta main, sur mon épaule…

– Ce n'est pas moi, dis-je, le cœur battant à toute vitesse.

– Oui, tu m'as touché, j'ai senti ta main sur mon épaule.

– Non. J'te dis que ce n'est pas moi.

– Nick ? Tu nous as suivis ? demande Zara, plus fort.

– Je suis près de la porte. Qu'est-ce qu'il y a ? nous répond Nick de loin.

Mes jambes tremblent. Si ce n'est pas moi ni mon ami, qui est-ce? Au diable ma réputation, je me jette sur Zara.

– AAAAAH!

Son cri a failli me faire saigner des oreilles.

– Zara! Il y a quelqu'un dans la maison, c'est certain! Les morts-vivants sont sortis!

– Arrête, Mathias, me fait Nick, qui nous a rejoints, en me retenant par le bras. Qu'est-ce que vous avez à crier comme des malades?

– Nick! Tu es fou de me faire une peur pareille!

– Chuuut! Taisez-vous, les gars. Nous allons tous nous rendre à la cuisine calmement, O.K.? Nous allons prendre les flûtes, puis nous irons dans le cimetière. Si les morts sont sortis, nous leur jouerons un air pour les aider à s'endormir. Sans quoi, ils vont semer la pagaille dans le village et ils ne nous laisseront jamais tranquilles.

Zara éclaire nos déplacements, puis le comptoir de la cuisine.

– Voilà les flûtes !

Zara nous explique que c'est son grand-père Victorin qui les fabrique. Il les taille dans des branches de sureau. Quand elle a su qu'elle venait garder dans la maison du boiteux, elle a préféré tout apporter. Je me fiche bien du bois de sureau en ce moment.

– Vite ! Prenons-les toutes, dis-je à toute vitesse. Des morts, il y en a beaucoup à convaincre de se recoucher.

Je n'ai envie ni de quitter la maison ni de rester.

J'espère juste que nous allons revenir vivants de cette aventure !

Pourtant, exagérer n'est pas dans mes habitudes. Nous avons peut-être tout inventé à cause de cette maudite histoire du vieux boiteux.

Ma peur est si forte que je n'arrive pas à me raisonner ni à détendre mes jambes qui avancent péniblement vers le cimetière.

Terreur

Dehors, le vent printanier souffle dans les arbres à peine feuillus. Les gens du village, bien blottis dans leur logis, n'ont aucune idée de ce qui se trame dans les environs. C'est silencieux. Trop. Je porte instinctivement la main à mon cou pour saisir ma croix.

Nous passons l'un après l'autre par-dessus le muret de pierres. Malgré la fraîcheur de la nuit, des gouttes de sueur perlent sur mon front.

La gardienne s'arrête brusquement.

– Avez-vous entendu quelque chose ? nous murmure-t-elle.

– J'ai entendu le bruit d'une vieille porte qui grince, admet Nick.

Sa voix tremble. Nous nous serrons les uns contre les autres. Pour ma part, je n'ai rien entendu : les battements de mon cœur font trop de bruit. Nick me chuchote à l'oreille :

– Ne le dis pas à Zara, mais je connais bien ce bruit. C'est le grincement des couvercles de cercueil.

– Ce n'est pas drôle, Nick !

Mon ami ne voit pas que je suis vert de peur, sans quoi il n'aurait jamais dit ça. Nous marchons lentement. Zara pointe chaque pierre avec son faisceau lumineux. Son but est d'atteindre le centre du cimetière, puis de se mettre à jouer de la flûte, afin que tous les morts puissent entendre notre musique.

– À MOIIIIIIIII !

– Qu'est-ce que tu as, Mathias ? s'empresse de demander Zara.

Je sautille sur place comme un gars pris dans des sables mouvants.

Si j'avais des ailes, je m'envolerais tout de suite pour fuir le sol sous mes pieds.

Rien ne va plus. Je crie de toutes mes forces :

– Le sol s'enfonce sous mes pieds ! Courez ! Courez !

Nous déguerpissons comme des poules sans tête à travers le cimetière. Nos cris de terreur doivent s'entendre jusqu'à Pluton.

Puis, avec l'agilité d'une pieuvre, Zara nous attrape par le bras et nous force à nous arrêter.

– Les garçons! Il n'y a pas de sable mouvant dans un cimetière. Ton imagination te joue des tours, Mathias. C'était sûrement un creux dans le sol.

– Non, le sol se dérobait sous mes pieds. Je le jure!

Tout à coup, un rire diabolique déchire le silence et me dresse les cheveux sur la tête.

« AAAAAHHHHHHHH! »

– C'EST UN ZOMBIIIIIEEEE ! SAUVE QUI PEUT !

Tout le monde a crié en même temps.

Au terme d'une course folle et d'un slalom entre les tombes, nous nous retrouvons agglutinés comme des sardines sous un grand chêne. Nick a rejoint les rangs des peureux, apparemment : il tremble de peur contre moi.

– Je ne veux plus rester ici, dis-je, crispé par la honte.

– Moi non plus, admet Nick à son tour.

Le rire diabolique a cessé. Le zombie a sans doute eu peur de nos cris. Zara pointe la vieille pierre tombale en face de nous avec sa lampe.

– Regardez celle-ci. Elle est si vieille que le nom s'est effacé.

Nick sort son téléphone cellulaire pour prendre une photo. J'ai envie de lui tordre le cou !

– Quoi ? Tout ce temps, tu avais un téléphone sur toi ? Tu aurais pu nous éclairer ! Téléphoner !

– Je ne voulais pas gaspiller le 5 % de pile qu'il me reste.

Nick m'éblouit avec sa lumière super forte. Ensuite, il prend une photo. Le flash de son appareil est si puissant qu'il éclaire le cimetière jusqu'à l'église.

Je le jure sur la tête de… de ma cousine que j'adore : une forme noire a surgi derrière la pierre tombale anonyme.

Elle avançait en boitant, la main tendue vers nous.

– LE BOITEUUUUUX !

– OÙ ÇA ? crie la gardienne.

Nick respire comme un marathonien en fin de course.

– Je l'ai vu, moi aussi. J'en suis certain !

Si mon ami extra courageux a peur en ce moment, qui me ramènera à la maison ? Moi-même ? Bien sûr que non ! Je suis paralysé !

– Les garçons, je sors les flûtes, murmure Zara.

– Les flûtes !

J'ai répété les mots de la gardienne, de peine et misère, comme dans le pire de mes cauchemars.

– Je ne sais pas très bien en jouer… juste l'air du film *Titanic* que j'ai appris à l'école, s'excuse Nick.

– Moi aussi. C'est parfait pour les endormir, reprend la gardienne.

– Et moi ? Qu'est-ce que je joue ?

– Souffle simplement dans la flûte, ça ira.

Nous nous mettons tous les trois à souffler lentement dans nos flûtes. Au début, nous osons à peine émettre un son, puis peu à peu, notre musique prend de l'assurance, même si elle est, comment dire… cacophonique. J'ai mal aux lèvres et aux oreilles. Avec tout ce bruit, je n'entends pas les pas derrière moi, je ne sens pas le souffle dans mon dos, ni l'odeur…

Lentement, je sens une main froide se poser sur mon épaule.

– AU SECOURS ! IL M'ATTRAPE !

Plusieurs mains me saisissent fermement. Je me débats comme jamais, mais je suis cloué sur place, paniqué !

– NOOOON ! Arrêtez ! Lâchez-moi !

Je me débats en fermant les yeux pour échapper aux morts-vivants qui me secouent. J'ai trop peur de les regarder.

– Mathias! Arrête de crier. C'est nous!
– Hein? Quoi?
J'ouvre les yeux.
– Papa? Maman? C'est vous?
– Bien sûr. Qui d'autre veux-tu que ce soit?

Je ne répondrai pas à cette question. Je me trouve trop stupide en ce moment pour révéler que je croyais m'être fait attraper par des zombies.
– On vous cherchait partout. Vous êtes trop drôles d'être allés jouer dans le cimetière en pleine nuit!
Mon père trouve notre sortie vraiment cool et nous avoue qu'il a déjà fait ça lui aussi

lorsqu'il était enfant. Il jouait à qui aurait la plus grande frousse. Ma mère, quant à elle, ne trouve pas l'idée excellente.

– Eeeuuuuh… C'était juste un jeu, déclare la gardienne avec une intonation qui sonne comme le mensonge du siècle. Nick fait oui de la tête.

Un jeu ? Je ne sais plus quoi penser. La gardienne vient de semer le doute dans mon esprit. Était-ce une mise en scène parfaitement orchestrée par la gardienne ? Sûrement pas. Elle ne pouvait pas faire tous ces bruits.

Et le sol qui s'enfonce, le rire diabolique entendu entre les tombes ?

Jamais. La corde de bois et la panne d'électricité ? Je refuse de croire à une

machination de sa part. Elle a probable-
ment dit ça pour ne pas inquiéter mes parents. Serait-ce une blague de Nick ? Oh non !
Mon ami ne me ferait jamais une blague
pareille… Quoique… je ne sais plus.

La seule chose dont je suis absolument
certain, c'est que ma soirée d'amis « Le party
des horreurs » de la semaine prochaine vient
de changer de nom. Elle s'appellera désormais « À la conquête du salon, devant un
bon film, avec des croustilles ». Point final !

FIN

Catalogage avant publication
de Bibliothèque et Archives
nationales du Québec et
Bibliothèque et Archives Canada

Poirier, Nadine, 1965-

(Les histoires de la gardienne)
Le cimetière

Pour les jeunes de 9 ans et plus.

ISBN 978-2-7625-9763-9
ISBN numérique 978-2-7625-9764-6

I. Titre.

PS8631.O372H57 2017   jC843'.6
C2017-941226-4
PS9631.O372H57 2017

Direction littéraire : Isabelle Cuchet
Direction artistique de la couverture :
Marie-Josée Legault
Conception graphique : Nancy Jacques
Révision linguistique et correction :
Valérie Quintal

Illustration de la couverture :
Pascale Crête

Droits et permissions : Barbara Creary
Service aux collectivités :
espacepedagogique@
dominiqueetcompagnie.com
Service aux lecteurs : serviceclient@
editionsheritage.com

Dépôt légal : 4e trimestre 2017
Bibliothèque et Archives
nationales du Québec
Bibliothèque et Archives Canada

Dominique et compagnie
1101, avenue Victoria
Saint-Lambert (Québec) J4R 1P8
Téléphone : 514 875-0327
Télécopieur : 450 672-5448
dominiqueetcompagnie
@editionsheritage.com
dominiqueetcompagnie.com

Imprimé au Canada

Nous reconnaissons l'aide financière
du gouvernement du Canada.

Nous reconnaissons l'aide financière
du gouvernement du Québec par
l'entremise du Programme de crédit
d'impôt – SODEC – Programme
d'aide à l'édition de livres.

Nous remercions le Conseil des arts
du Canada de l'aide accordée
à notre programme de publication.